Classicini
EDIZIONI EL

Illustrazioni di
Fabio Visintin

© 2017 Edizioni EL,
via J. Ressel 5, 34018
San Dorligo della Valle (Ts)
A Story By Book On a Tree Ltd
ISBN 978-88-477-3532-3

www.edizioniel.com

Jacopo Olivieri

Iliade

da Omero

CAPITOLO I
GUERRA E MALATTIE

LE SCIAGURE

causate dalla rabbia dell'eroe Achille durante la guerra di Troia sono cosí tremende, che solo con l'aiuto d'una delle Muse, le dee dell'arte e della letteratura, sarà possibile raccontarle!

I guerrieri achei, giunti dalle città della Grecia in aiuto di Menelao, re di Sparta, erano stanchi. Il loro assedio alle alte mura di Ilio (la città fortificata nell'Asia Minore nota anche come Troia, dal nome di Troo suo fondatore) durava ormai da piú di nove anni.

Il loro esercito era composto da decine di migliaia di uomini, mentre quello troiano era piú esiguo ma comandato dal coraggioso principe Ettore, figlio del re

Priamo. Le schermaglie tra i due popoli ormai contavano centinaia di morti da entrambe le parti. Eppure gli equilibri della guerra erano in perenne stallo. Le armate greche contavano campioni di forza, come l'irrefrenabile Aiace, e di astuzia, come il furbissimo Ulisse. In piú, godevano dell'appoggio di una schiera di divinità che spesso scendevano dall'Olimpo per combattere insieme a loro sul campo di battaglia. Ma gli dèi, si sa, sanno essere volubili. Cosí Atena, dea della saggezza e della strategia, parteggiava per gli Achei insieme a Era, mentre a sostenere i troiani c'era il combattivo Ares, dio della guerra. E, soprattutto, Afrodite, dea dell'amore, che, pur non essendo una guerriera, la sapeva molto lunga in fatto di bisticci e di inganni. Non a caso, quella guerra sanguinosa era nata, in gran parte, per causa sua.

Anni prima Eris, la Discordia, aveva stuzzicato le dee piú affascinanti dell'Olimpo su chi tra loro fosse la piú bella. Ne era nata una sfida tra Era, Atena e Afrodite. Per risolvere la questione, le tre vanitose avevano scelto come giudice proprio Paride, il figlio minore di Priamo. Tutte loro, pur di ottenere il suo voto, l'avevano tentato con offerte molto seducenti: la giunonica regina degli dèi gli aveva promesso il potere assoluto; la statuaria dea della saggezza, fissandolo con i suoi intensi occhi azzurri, gli aveva garantito una conoscenza sconfinata. Ma Paride non aveva avuto molti dubbi: aveva eletto vincitrice Afrodite, che gli prometteva di avere in moglie la donna piú bella del mondo.

Purtroppo la bellissima Elena, che pur essendo una mortale era figlia nientemeno che del sommo Zeus, signore del fulmine e di tutti gli dèi, era già sposata: proprio con il greco Menelao. Ma Paride non si era fermato: aiutato da Afrodite, si era recato fino a Sparta e lí, con un sotterfugio, aveva rapito Elena. La donna, infatti, lo aveva seguito di buon grado perché gli incantesimi della dea le avevano fatto dimenticare di colpo il marito, rendendola follemente innamorata del giovane principe troiano.

Menelao non aveva preso bene quell'affronto, e con lui il fratello Agamennone, il potente sovrano di Micene. Era in gioco l'onore della Grecia, Elena doveva essere riportata indietro! Con una flotta di centinaia di navi, si erano recati nella regione della Troade, sulla cui costa si affacciava la città del sequestratore. A loro, per vendicare l'offesa a Menelao, si erano aggiunti i piú grandi eroi e regnanti greci.

Tra loro spiccava il piú formidabile guerriero, il capo dell'agguerrito popolo dei Mirmidoni: un ragazzo dal sangue semi-divino, dotato di abilità sovrumane che lo rendevano praticamente invincibile. Era Achille, figlio di un eroe mortale, Peleo, e di una dea delle acque, Teti. Se c'era qualcuno, tra le file degli Achei, che avrebbe potuto cambiare le sorti di quella lunga ed estenuante guerra, era lui.

Ma Eris, ancora una volta, stava per metterci lo zampino.

L'accampamento degli Achei, presso le navi tratte in secca sulla riva, era immerso nel silenzio.

Un lembo della tenda in cui i capi erano riuniti a discutere venne rialzato, e le guardie scortarono all'interno uno sconosciuto, che si buttò ai piedi di Agamennone.

I condottieri lo guardarono infastiditi.

– Chi sei e come osi disturbarci? – brontolò Agamennone. – Non vedi che interrompi un consiglio di guerra?

– Potente Agamennone, il mio nome è Crise.

– Dal tuo accento, capisco che non sei dei nostri. Da dove vieni?

– Sono un sacerdote di Apollo. Tempo fa, tu e i tuoi uomini avete saccheggiato il mio villaggio...

– Sei dunque un abitante di questa regione! Bada, – la voce di Agamennone era minacciosa, – che non accettiamo lamentele. Se siamo qui, è per rimediare a un'ingiustizia. Quando razziamo i villaggi della Troade, è per sfamare i nostri eserciti. Se vuoi protestare, prenditela con i troiani: è tutta colpa loro se siamo qui, lontani dalle nostre case e dalle nostre famiglie di là del mare!

– Auguro a te e ai tuoi alleati la vittoria, – mormorò l'uomo. – E ho portato un ricco dono per te.

Srotolò svelto una benda d'oro puro.

– In nome del dio che servo, te la cedo in cambio di mia figlia, Criseide, che tu hai fatto schiava durante l'incursione. Ti prego, restituiscimela! – singhiozzò.

Gli altri capi si commossero. – Su, Agamennone, – lo esortarono. – Accetta il riscatto e restituisci Criseide a questo pover'uomo!

Ma il re di Micene si indurí. – Tua figlia è una preda di guerra: mi appartiene, ormai. Resterà qui con me e, quando farò ritorno alla mia reggia, mi seguirà lí!

Gli altri Achei scossero la testa con disapprovazione, ma nessuno osava contraddire Agamennone, comandante in capo dei greci, che congedò seccamente il sacerdote:

– Vattene di qui, e non farti piú vedere!

Crise obbedí e si allontanò; ma non si era dato per vinto. Trascinandosi lungo la spiaggia, invocò tra le lacrime: – Apollo, non lasciare che questo affronto al tuo servitore rimanga impunito!

Le parole del fedele sacerdote raggiunsero le orecchie del dio del canto e della musica... ma anche della giustizia e della vendetta. Apollo impugnò il suo arco e, invisibile a occhi umani, si mise a scagliare le sue frecce per tutto l'accampamento acheo. Per nove giorni, ininterrottamente, non risparmiò nessuno. L'effetto dei suoi dardi era terribile: chi ne veniva colpito, cadeva all'istante in preda a una malattia mortale. La pestilenza si diffuse tra i greci, facendo piú vittime in quei nove giorni di quanto non avessero fatto gli scontri con i troiani in nove anni.

CAPITOLO II
IL LITIGIO FATALE

COSTERNATI,

gli Achei si rivolsero all'unico tra loro che potesse interpretare il volere degli dèi: l'indovino Calcante. Il suo giudizio fu inappellabile.

– L'unico che può placare Apollo è Agamennone, – sentenziò. – Che restituisca Criseide, prima che sia troppo tardi!

Per tutta risposta, Agamennone divenne ancora piú cocciuto, certo che nessuno tra gli altri capi osasse contraddirlo. Ma aveva fatto male i suoi conti: tra loro c'era un uomo che non temeva né lui, né nessun altro.

– Agamennone, – esclamò una voce che tutti riconobbero, – tu che ti vanti di essere il piú forte e che ci guidi in battaglia, dimostrati un vero capo e lascia andare la ragazza. Per il bene di tutti!

– Parli bene, tu, Achille! – sbottò lui. – Tu che, oltre ad avere il dono della velocità e a essere invulnerabile grazie alle arti magiche di tua madre, hai pure una graziosa schiava a cui nessuno ti chiede di rinunciare!

– Lascia la mia Briseide fuori da questa faccenda! – si inalberò Achille, che era molto affezionato alla ragazza.

– Cosa c'entra lei?

– C'entra, c'entra... – fece Agamennone con un ghigno. Poi proclamò: – E va bene! Rinuncio a Criseide, ma in cambio... in qualità di comandante in capo degli Achei, pretendo la bella Briseide!

Quell'affronto lasciò tutti a bocca aperta. Eppure sapevano bene che non ci si poteva opporre al volere di Agamennone.

– Ti dai arie da gran comandante, ma sei un ubriacone e una bestia! – ringhiò Achille, travolto dall'indignazio-

ne. – Ho combattuto per te e tuo fratello per tutti questi anni, e tu mi ripaghi cosí? Bada: se ti prendi Briseide, io rinuncio a battermi per la vostra causa!
– Non sei l'unico eroe, qui! – lo provocò Agamennone.
– Se vuoi andartene, figlio di Peleo, fallo!
Achille impallidí, travolto da una rabbia cieca; la mano gli scattò verso la spada. Qualcuno gliela trattenne.
– Pensa bene a quello che fai, – gli bisbigliò il vecchio Nestore, uno dei piú saggi tra i regnanti greci. – Non ha senso batterci tra di noi. Per ingiusta che ti sembri, devi rispettare la volontà del re!
Achille girò sui tacchi, inviperito, e se ne andò via, veloce come solo lui sapeva essere. Si fermò soltanto quando raggiunse la sponda del mare, lontano dalla flotta achea.

E, con lo sguardo rivolto alle onde, iniziò a urlare: – Teti, madre mia, sono stato offeso in modo intollerabile!
Il mare ribollí, e dalla schiuma emerse la divina Teti. Achille poteva essere un eroe senza paura, ma per lei era sempre il suo bambino: era accorsa non appena l'aveva invocata.
– Perché piangi, creatura mia?
– Sei una dea, sai già tutto, – disse lui trat-

tenendo a fatica i singhiozzi rabbiosi. – Madre, quand'ero ancora piccolo mi raccontavi che il sommo Zeus ha un debole per te e ti tiene in alta considerazione. Ti scongiuro, se mi vuoi davvero bene, di andare da lui, che può tutto, e di pregarlo di favorire i troiani, perché facciano rimangiare ad Agamennone la sua arroganza. Solo cosí, quando gli Achei vedranno che senza il mio aiuto non possono vincere, avrò la mia vendetta!
Teti rimase sconvolta dalla richiesta del figlio, ma lo amava talmente tanto che acconsentí. Scomparve tra i flutti, diretta all'Olimpo. Achille, invece, scuro in volto, andò a rinchiudersi nella sua tenda: doveva dire addio alla sua cara Briseide.

La notte avvolgeva la pianura in un manto nero che si stendeva dalla città assediata fino alla spiaggia. Tra i guerrieri greci immobili nel sonno, solo una figura si muoveva, aleggiando sopra il campo acheo come un fantasma. Era l'evanescente Oniro, il Sogno Ingannevole, in missione per conto di Zeus. Si insinuò nella tenda di Agamennone addormentato e si piegò su di lui.

– Re di Micene, – gli sussurrò, – gli dèi sono tutti con te: la vittoria sarà tua, se domani attaccherai Troia!

Poi svaní. Il gran capo degli Achei si risvegliò di botto. Si precipitò fuori dalla tenda e chiamò in adunata gli altri comandanti.

Non vedeva l'ora di annunciare la visita che, ne era certo, aveva ricevuto dagli dèi per avvisarlo della propizia vittoria. Ma fu bloccato da un timore improvviso.

«Dopo la peste e le ripetute sconfitte, e dopo la lite con Achille, che tra i miei alleati gode di stima e rispetto, i soldati saranno ancora disposti a seguirmi?»

Decise di giocare d'astuzia, per mettere alla prova la fedeltà dell'esercito.

– Ascoltatemi! – gridò alle truppe che si erano ammassate. – Per troppo tempo abbiamo combattuto e, finora, anche se mi dispiace ammetterlo, è stato tutto inutile. Le nostre navi se ne stanno a far la muffa mentre noi indugiamo davanti alle porte di una città che, nonostante gli sforzi, rimane inespugnabile. È tempo di ammettere la nostra sconfitta, di riprendere il mare e di fare ritorno in Grecia!

Quelle frasi furono accolte da urla di esultanza. In frotta, i guerrieri corsero a disfare le tende e a spingere in acqua le navi, già pronti a riprendere il largo. A tutti sembrava troppo bello per essere vero: la guerra era finita! Si tornava a casa, finalmente!

L'unico a non abboccare fu il piú intelligente tra i comandanti greci: Ulisse, re di Itaca e favorito dalla dea Atena. Capito il trucco, tolse lo scettro dalle mani del re e si parò davanti all'orda di Achei, tagliando loro la strada.

– Sciocchi! – li rimproverò. – Non capite che Agamennone stava solo mettendo alla prova la vostra lealtà? C'è

in gioco l'onore dell'intera Grecia, e voi vorreste ritirarvi come dei vigliacchi? Tornate indietro e combattete!
Vergognandosi, i greci si fermarono; chi mugugnando, chi ritrovando la voglia di combattere, tornarono sui loro passi. Fra tutti, l'unico a insistere fu un certo Tersite.
– Perché dovremmo ancora sprecare le nostre vite seguendo Menelao e Agamennone? – protestò. – In fon-

do, che ci importa di riprendere Elena? Andiamocene via, e lasciamo questi re litigiosi alle loro beghe!

Ulisse approfittò di Tersite per dare una lezione non solo a lui, ma a chiunque avesse dei ripensamenti. Lo raggiunse e lo colpí per bene con lo scettro, tra le risate dei soldati.

– Cosí mi piacete! – li spronò Ulisse. – Non butteremo via questi nove anni di sofferenze, torneremo a casa solo dopo aver messo Troia a ferro e fuoco!

Agamennone annuí e incitò i soldati. – Forza, Achei! Affilate le spade, preparate lance e scudi! Ci attende la battaglia decisiva!

CAPITOLO III
IL DUELLO

DALL'ALTO DELLE MURA

di Troia, occhi inquieti scrutavano le schiere degli Achei farsi avanti. A stento erano visibili nel polverone sollevato dai loro piedi in marcia, e dallo scalpitio dei cavalli che trainavano i cocchi da battaglia. Ettore, il valente condottiero amato da tutti, aveva abbandonato un'assemblea col re suo padre, appena aveva avuto notizia dell'attacco.

– Dobbiamo aprire le porte e correre incontro ai nostri nemici, – mormorò, valutando la situazione con la sua esperienza di combattente. – Questa potrebbe essere la battaglia che deciderà le sorti della guerra.

Senza esitare, chiamò a sé l'esercito troiano. Ai suoi ordini, i soldati sciamarono fuori dalle mura, disponendosi attorno all'unico colle che sporgeva dalla distesa, di fronte alla città.

I due eserciti si fronteggiarono in campo aperto. Non era la prima volta che accadeva, ma entrambe le parti erano decise a far sí che fosse l'ultima. La pianura rimbombò del fragore delle lance abbassate, degli archi tesi e delle lame sguainate.

Dall'alto delle mura, Priamo seguiva con ansia la scena. Assieme a lui c'era la nuora, Elena. Il re non le aveva mai rinfacciato di essere la causa della guerra: sapeva che quella donna cosí contesa era una vittima innocente delle bizzarrie degli dèi e delle dee. Nutriva per lei lo stesso affetto che provava per le sue figlie.

Mentre osservavano la battaglia, il re si faceva descrivere da Elena i condottieri achei, che lei aveva conosciuto nella sua vita precedente. C'erano tutti: l'imperioso Agamennone, il furbo Ulisse, il gigantesco Aiace, Idomeneo il cretese... Tutti, tranne Achille.

Mentre Elena elencava al suocero i nomi dei campioni greci, entrambi furono sorpresi di vedere un nuovo guerriero raggiungere, all'ultimo momento, le schiere troiane.

Era un ragazzo bellissimo, dall'armatura lucente e dal mantello in pelle di pantera che gli svolazzava dietro le spalle; sfilò orgoglioso davanti alla fanteria. Ai due osservatori si strinse il cuore, nel riconoscerlo. Era colui che aveva rapito il cuore di Elena, il principe Paride!

All'ultimo istante, anche lui si era unito alla mischia, pronto a combattere. Lanciò una smorfia di disprezzo agli avversari mentre nelle mani scuoteva due lance, quasi volesse sfidarli tutti insieme.

Un Acheo ricambiò il suo sguardo, fissandolo dritto negli occhi. Era Menelao, che si fece avanti tra la fanteria greca, brandendo la spada. Alla vista dell'uomo a cui aveva sottratto Elena, Paride sentí le ginocchia cedergli, e indietreggiò fino a nascondersi in mezzo ai soldati troiani. Il fratello maggiore lo guardò sdegnato.

– Razza di bellimbusto, donnaiolo da strapazzo... – lo sgridò. – Abbi almeno il buonsenso di non darti troppe arie, se poi devi retrocedere con la coda tra le gambe. Che razza di esempio vuoi dare ai tuoi uomini? Ti ricordo che tutto questo sta accadendo per colpa tua!

– Ti chiedo scusa, Ettore, – biascicò Paride. – Ho avuto paura, lo ammetto. Ma ora è passata. Anzi, ho una proposta: sfiderò Menelao a duello, noi due da soli.

Ettore alzò una mano, con una tale autorità che perfino i greci smisero di rumoreggiare. – Tregua! – dichiarò.

Gli arcieri achei, però, incoccarono le frecce contro di lui.

– Fermi! – ordinò Agamennone. Poi avanzò, chiedendo a gran voce: – Che volete, Ettore? Arrendervi?

– Tutt'altro! Mio fratello Paride propone uno scontro diretto, tra lui e il prode Menelao. Se vincerà Menelao, Elena gli verrà riconsegnata. Se vincerà Paride, gli Achei rinunceranno a combattere e se ne andranno da qui per sempre!

Agamennone accettò. Quella proposta gli piaceva.

Iniziò il duello. Le lance in pugno, i due si affrontarono mentre i rispettivi eserciti, a debita distanza, li osservavano.

Paride fu il primo a scagliare l'arma. Menelao alzò il suo scudo a parare il colpo; la punta di bronzo si storse nell'impatto. Ora toccava a lui attaccare: la sua asta fischiò, lanciata a tutta forza. La lancia trapassò lo scudo di bronzo di Paride con tanta violenza che arrivò a perforargli la corazza e la tunica sottostante. Per fortuna lui si chinò di fianco, e la punta aguzza non lo ferí.

Poi fu la volta delle spade. Si gettarono uno contro l'altro, Paride piú giovane e agile, Menelao piú forte ed esperto; l'Acheo colpí l'avversario in pieno volto. La foga fu tale che la lama di bronzo si spaccò in quattro pezzi: l'elmo di Paride lo aveva protetto. Preso dalla rabbia, Menelao acciuffò la coda di cavallo che ornava l'elmo del troiano e tirò, con l'intento di finirlo a mani nude.

Ma Paride poteva contare sulla sua alleata di sempre: Afrodite. Invisibile a tutti, la dea piombò tra i due e gli slacciò il sottogola di cuoio. Menelao si ritrovò con un elmo vuoto in mano, a fissare sbigottito il vuoto. Il suo nemico giurato era scomparso nel nulla, privandolo della vendetta... e della vittoria.

CAPITOLO IV
FINE DELLA TREGUA

PARIDE RIAPPARVE

nelle proprie stanze dentro la reggia. Si trovava sdraiato sul suo letto, quello che condivideva con Elena. Afrodite lo lasciò lí, al sicuro, e sotto la forma di una vecchia tessitrice del palazzo (gli dèi di rado si mostrano ai mortali nel loro vero aspetto) andò a chiamare Elena, perché lo raggiungesse.

La figlia di Zeus accorse subito, agitatissima; il suo splendido viso era teso. Aveva seguito da lontano il combattimento, e non aveva piú saputo per chi parteggiare: aveva capito di amare entrambi i rivali, anche se in modo diverso.

– Perché hai voluto affrontare il mio primo marito? Non

sai che abile combattente sia? Ti prego, non sfidarlo mai piú!

Paride si sentí offeso da quelle parole. Ma si vergognò anche un po' per come l'aveva scampata.

Replicò: – Donna, Menelao ha vinto solo perché gli Achei godono del favore di Atena. Ma ci sono dèi anche dalla nostra parte. Stavolta gli è andata bene, ma la prossima potrei vincere io...

Elena preferí restare zitta. Si sdraiò al suo fianco, rassegnata a quel mondo di battaglie dall'esito incerto che lei stessa, involontariamente, aveva scatenato.

Intanto, sulla pianura, infuriava un aspro dibattito. Visto che Paride si era sottratto al duello, i greci sostenevano che a vincere era stato Menelao. Per i troiani, invece, non era cosí, proprio perché non c'era stata alcuna conclusione. Mentre gli animi si scaldavano da ambo le parti, nelle sale dorate dell'Olimpo era in corso una discussione altrettanto accesa.

La voce imperiosa di Zeus tuonò: – È ora di smetterla con questa guerra senza senso! Tra te, Era, moglie mia, che tifi per i greci solo per dispetto, e Atena che ti viene dietro per lo stesso motivo, e Afrodite che addirittura interviene, il conflitto non avrà mai fine! Basta, ho deciso: che Menelao si riprenda Elena, e facciamola finita!
Atena non replicò, anche se nel petto le bruciava la voglia di complottare ai danni dei troiani. La potente Era, invece, non si trattenne.

– Marito mio, guardati bene dallo sfidarmi! – ribatté, sgranando i suoi grandi occhi scuri contro di lui.

– Pazza! – la rimproverò Zeus. – A quanto arriverà il tuo desiderio di vendetta contro Priamo e i suoi figli?

La risposta della sua divina sposa lo gelò.

– Ho tre città degli uomini a me carissime. Prendile tutte, se lo credi giusto, e distruggile, se proprio vuoi rendermi la pariglia. Ma intanto io voglio, anzi pretendo, la sconfitta di Troia!

Zeus, pur essendo il sovrano indiscusso di tutti gli dèi, faceva il possibile per evitare di contraddirla.

– Non voglio litigare con te: finiremmo anche noi col farci guerra, e chissà cosa succederebbe, in un conflitto tra dèi. E sia, – concesse malvolentieri alla fine. – Atena, scendi a Troia e fa' sí che la tregua cessi, cosí che la guerra riprenda.

Atena non se lo fece ripetere. D'un balzo scese dall'Olimpo e, raggiunto il campo di battaglia, si mescolò ai combattenti troiani spacciandosi per uno di loro. Avvicinatasi all'arciere Pandaro, lo istigò a scoccare una freccia contro Menelao, che ancora se ne stava, solo e immobile, sul campo del duello.

– Ma questo è contro i patti! – tentò di protestare lui.

– Se ami davvero Troia, colpendo a morte Menelao

puoi far cessare la guerra… e sarai l'eroe che ha salvato la città!

Pandaro si lasciò persuadere. Tese l'arco e la freccia sibilò, dritta verso il cuore del condottiero acheo.

All'ultimo istante, Atena rivelò le sue vere intenzioni. Deviò la freccia che, invece di uccidere Menelao, gli infilzò un fianco. L'eroe greco stramazzò a terra ferito, ma ancora vivo.

Gli Achei insorsero sdegnati. – Tradimento! I troiani hanno violato la tregua!

Mentre Menelao veniva trascinato via per essere curato, entrambe le parti avevano già sfoderato le armi. La carneficina era ricominciata, rabbiosa come non mai.

Nugoli di frecce oscurarono il cielo; scudi cozzarono gli uni contro gli altri; gli aurighi sferzarono i cavalli, portando i cocchi dei generali nel bel mezzo della battaglia.

CAPITOLO V
DENTRO LE MURA

SEGUENDO L'ESEMPIO

di Atena, gli stessi dèi decisero di scendere in campo, armati di tutto punto, per unirsi ognuno alla propria fazione.

Fu cosí che dall'alto una voce prese a esortare i troiani, che in quel momento stavano arretrando. Era Apollo che li incitò a contrattaccare con maggior accanimento: potevano ancora vincere, tanto piú che l'invincibile Achille non era presente. I troiani raddoppiarono i loro sforzi.

Afrodite accorse in aiuto di un suo figlio, l'eroico Enea, salvandolo per un pelo. Ma si ritrovò ferita da un colpo di spada sferratole da un umano, il guerriero Diomede. Atena gli aveva trasmesso la forza per sterminare decine di avversari, e l'eroe greco avanzava inarrestabile, falciando troiani a destra e a sinistra. Era non fu da meno: sotto l'aspetto di un condottiero, spronava i greci a spazzar via quanti piú nemici potevano. Era destino che, tra il cigolare dei cocchi e il fragore delle lame, accadesse l'inevitabile: due dèi in armatura finirono per trovarsi uno di fronte all'altro. Erano Ares e Atena.

– Fermati, dio sanguinario, – disse lei, – prima che Zeus se la prenda anche con noi, per esserci battuti tra consimili. Meglio che abbandoniamo la battaglia, e lasciamo greci e troiani ad azzuffarsi tra loro...

Il dio della guerra fu d'accordo. Insieme lasciarono la piana di Troia, dove gli scontri si stavano trasformando in un'ecatombe.

Ma ben presto non seppero resistere al richiamo della guerra, e vi fecero ritorno.

Ares, però, se ne pentí: Diomede, ancora accecato dalla furia, affrontò il dio, riuscendo addirittura a colpirlo. Un immortale ferito da un semplice umano! Con suo immenso sdegno, Ares, sanguinante, fu costretto a ritirarsi nell'Olimpo. Poco dopo fu raggiunto anche da Era e da Atena. La lotta si era fatta talmente violenta, che persino le divinità l'abbandonavano.

Da ogni parte, intanto, davanti a Troia i cadaveri dei caduti si mescolavano alla terra. Re e soldati, greci e troiani, resi uguali nella morte.

Mentre combatteva, il valoroso Ettore si ritrovò vicino uno dei suoi tanti fratelli, il coraggioso Eleno.

– Ettore, la carica degli Achei ci sta facendo arretrare. Siamo quasi a ridosso delle porte della città, e io temo che la loro vista spinga qualcuno dei nostri ad attraversarle, per cercare scampo dentro le mura. Dobbiamo esortare gli uomini a non cedere!

– Dici bene, fratello! Ma temo che la dea della guerra ci sia nemica...

– Allora cerca di placarla! Qui bastiamo io ed Enea. Tu rientra in città e di' alle anziane del tempio che facciano ad Atena un'offerta!

Ettore obbedí e scese dal suo cocchio, anche se a malincuore: non voleva abbandonare i suoi uomini.

Mentre, sporco di sangue, risaliva le scale del palazzo, gli si fece incontro una figura familiare.

Era sua madre, Ecuba. – Figlio mio, aspetta, ristorati un attimo...

– No, madre. La battaglia mi chiama. Tu, piuttosto, raduna le anziane, che supplichino Atena di aiutarci... Io intanto vado a cercare Paride!

E mentre la dea, stizzita, si rifiutava di rispondere alle preghiere dei troiani, Ettore faceva irruzione nelle regali stanze di Elena.

– Ero sicuro di trovarti qui, codardo! – disse a Paride, che come al solito iniziò ad accampare scuse.

– Ma no, fratello, che dici... Stavo giusto per rimettermi corazza e schinieri e tornare là fuori...

Elena scoccò verso il marito fifone un'occhiata eloquente, prima di fissare il cognato, con l'armatura ammaccata dagli scontri sostenuti.

– Riposa un poco anche tu... – provò a dirgli.

– No, Elena! Se vuoi aiutarmi, convinci Paride a combattere per la sua gente. Quanto a me, solo un'altra cosa devo fare, prima di riprendere le armi in questa giornata di morte. Voglio vedere mia moglie e mio figlio!

Corse alle stanze della sua famiglia, ma le trovò vuote e provò una stretta al cuore. Intuí che, in quella drammatica circostanza, la sua adorata Andromaca poteva essere solo in un altro posto: alle Porte Sacre, da dove poteva scorgere la pianura e seguire con apprensione la battaglia.

La trovò lí, in lacrime; tra le braccia teneva il loro bambino, il piccolo Astianatte. Ignaro di tutto, appena vide il padre gli sorrise. Commosso, Ettore lo prese in braccio e lo baciò.

– Perché ti ostini a combattere? – lo supplicò Andromaca. – Il tuo coraggio finirà per ucciderti! Non hai pietà di me? Se oggi tu morissi, resterei senza la persona che piú amo al mondo.

Accarezzandola con affetto, lui la strinse a sé.

– Tesoro, non posso sottrarmi al dovere: l'esercito e il

destino di Troia dipendono da me. Su, torna a occuparti della nostra casa. Io mi dedicherò invece al compito degli uomini: la guerra.

Si rimise in testa l'elmo chiomato, guardandola allontanarsi sconsolata. Fu raggiunto subito dopo da Paride, con l'armatura tirata a lucido, baldanzoso come al solito.

– Non ti ho fatto aspettare troppo, vero? Come vedi, sono pronto per tornare nella mischia.

Ettore gli rivolse un'occhiata amareggiata. – Ti concedo che, quando vuoi, sai batterti. Mi addolora solo la tua fiacchezza, che ti fa prendere in giro dai nostri stessi soldati! – Scosse la testa. – Ne riparleremo in un altro momento, sempre che usciamo vivi da questa giornata!

CAPITOLO VI
LA PROPOSTA DI ETTORE

VEDENDO ETTORE

tornare in compagnia di Paride, le energie dell'esercito troiano si rinnovarono. I soldati aumentarono i loro sforzi, e d'improvviso i risultati della lotta si invertirono: i greci cominciarono a indietreggiare.

Rifugiate nella loro dimora sull'Olimpo, le divinità contemplavano la scena.

Nell'assistere alla ritirata achea, Atena, benché stanca, tornò a indossare l'armatura e lo scudo su cui spiccava la mostruosa testa mozzata della Gorgone. In volo, raggiunse di nuovo la piana di Troia. Ad attenderla trovò Apollo.

– Frena la tua ira, impietosa Atena, – le disse il dio. – Per oggi si è combattuto anche troppo.

– Cosa proponi, allora? – chiese lei, sospettosa.
– Ispiriamo le loro menti, e che ci sia un duello.
– Un altro?
– Sí, ma stavolta, – fece il dio, – sarà semplicemente un confronto tra eroi a concludere la battaglia sanguinosa di oggi.

La loro volontà si insinuò nella mente di Eleno, suggerendogli di proporre la cosa a Ettore, il quale ingiunse ai suoi soldati di fermarsi. Lo stesso fecero gli Achei, che deposero le armi e sedettero, in attesa, sotto l'occhio vigile di Apollo e Atena, trasformati per l'occasione in avvoltoi.

Fu Ettore, ancora una volta, a prendere la parola: – Troiani e Achei, ascoltatemi! Chi tra i greci ha il coraggio di affrontarmi, si faccia sotto! A chi vince andranno le armi del vinto. Se per sventura fossi io, vi chiedo solo di essere sepolto a Troia, cosí che in futuro tutti sapranno che sono morto da eroe.

Quelle parole toccarono il cuore degli Achei superstiti. Tra loro regnava un silenzio totale. Erano indecisi: conoscevano il valore del generale troiano. Si vergognavano di rifiutare di battersi, però avevano paura di lui. Alla fine, solo uno di loro si alzò. Era Menelao.

– Se nessuno di voi ha il fegato di farlo, andrò io! – disse, le armi già in mano.

Agamennone lo fermò. – Sei matto, fratello? Persino Achille ci penserebbe due volte prima di affrontare l'erede di Priamo. È troppo forte!

L'imbarazzo serpeggiava tra le schiere greche.

– Branco di vigliacchi! – saltò allora a dire il vecchio Nestore. – Possibile che nessuno si faccia avanti? Lo affronterei io, se fossi piú giovane!

Le sue parole scossero gli Achei. A quel punto, tra i regnanti greci si fecero avanti nove candidati, tra cui Ulisse, Diomede e lo stesso Agamennone.

– Sceglieremo a sorte, – sentenziò Nestore.

Toccò al piú grosso e forte tra di loro: Aiace, figlio di Telamone.

– Molto bene, Ettore, – disse lui, guardandolo negli occhi dall'alto in basso. – Non sarò invincibile quanto Achille, ma ora vedrai di che pasta son fatti i guerrieri achei!

– Ti vanti di saper combattere meglio di me? Lo vedremo, femminuccia, – lo provocò Ettore.

E nel farlo, scagliò la lancia con tanta violenza che si conficcò in profondità nello scudo di Aiace, nonostante fosse fatto di bronzo e sette strati di cuoio. I contendenti si scagliarono l'uno contro l'altro come due leoni inferociti. Arrivarono addirittura a prendersi a sassate. Ettore lanciò una grossa pietra. Aiace rispose sollevando un macigno enorme, con cui fracassò lo scudo del suo nemico, per poi ferirlo al collo. Ettore cadde in ginocchio, e Apollo non poté sopportarlo. Gli diede la forza di rialzarsi.

Lo scontro continuò senza che nessuno dei due riuscisse a prevalere. Quando iniziò a calare la sera, gli dèi ispirarono due araldi dei fronti opposti a farsi avanti, dividendo gli sfidanti.

– Basta cosí! – imposero. – Avete dimostrato il vostro coraggio, e ormai è quasi notte.

– Cosí sia, – convenne Ettore. E, poiché era un uomo tanto fiero quanto leale, aggiunse: – Accetta la mia spada come segno del mio rispetto, Aiace. Ti sei battuto bene!

– Tu allora accetta la mia fascia di porpora! – rispose l'altro.

Quel gesto nobile decretò la conclusione della lunga e terribile giornata. Gli eserciti si ritirano, per seppellire i propri morti.

CAPITOLO VII
LA SORTITA NOTTURNA

LA DEA AURORA

rischiarò un nuovo giorno.

E la guerra riprese, sempre piú cruenta.

Dal suo cocchio sulla cima del monte che sovrastava Troia, Zeus osservava gli scontri. Era sempre piú spazientito. Aveva severamente proibito agli dèi di farsi coinvolgere ancora nel conflitto; ma non era abbastanza.

– Questo scempio deve finire!

E per dimostrare che faceva sul serio, scagliò uno dei suoi fulmini nel bel mezzo della battaglia. Le forze greche, abbagliate e spaventate, iniziarono a disperdersi. Nella confusione di quella fuga disordinata, l'unico a non cedere fu Diomede, a bordo del suo cocchio lanciato a tutta velocità. Scorgendo Ettore, provò a lanciargli un giavellotto. Mancò però il bersaglio, e andò a colpire l'auriga che guidava il cocchio dell'eroe troiano, uccidendolo sul colpo.

Zeus, furibondo, intervenne di nuovo. Lanciò una seconda folgore, che esplose proprio davanti a Diomede. Tra il nitrito dei cavalli imbizzarriti, l'Acheo fu costretto a indietreggiare verso le navi, insieme al resto dell'esercito in rotta.

Quella scena diede nuovo coraggio ai troiani. Esultanti, presero a incalzare il nemico in fuga.
– La vittoria è nostra! – urlò Ettore al di sopra del frastuono. – Inseguiamoli fino al loro campo, e li avremo sconfitti per sempre!

La ritirata scomposta dei greci sembrava un fiume in piena. Senza mai voltarsi, superarono il loro fossato, buttandosi in cerca di riparo dietro la muraglia che avevano eretto lungo la spiaggia, a protezione delle loro navi. Assiepati dietro al muro, i greci non sapevano piú cosa fare. Se fosse caduta anche quell'ultima difesa...

Ma la battaglia e l'inseguimento erano durati troppo: stava calando di nuovo la sera, e per entrambi gli schieramenti era impossibile combattere al buio.

Ettore non si perse d'animo.

– Uomini! Accampiamoci qui, davanti al muro del nemico. Accendete fuochi dappertutto, cosí da impedire ogni sortita! Domattina li assalteremo, bruceremo la loro intera flotta e scacceremo una volta per tutte gli Achei!

Mentre sulla piana ardevano centinaia di falò, i capi achei, convocati nella tenda di Agamennone, tenevano consiglio.

– Se anche Zeus è contro di noi, Troia non sarà mai nostra, – mormorarono.

Solo il saggio Nestore ebbe il coraggio di dire ciò che tutti pensavano. – Agamennone, ammettilo: se Achille combattesse ancora al nostro fianco, non saremmo ridotti cosí. E la colpa è tua!

L'altro rimuginò a lungo, tra il silenzio dei condottieri.

– Sí, – disse alla fine, – riconosco che devo rimediare al mio errore...

Poco dopo, un gruppetto si mosse piano nella notte, tra i combattenti esausti. Erano Nestore, Aiace e Ulisse.

Da una tenda, sorvegliata dai fedeli Mirmidoni, usciva una musica malinconica: era Achille che, le armi buttate in un angolo, si consolava suonando la cetra. Accanto a lui c'era il giovane Patroclo, il suo amico piú fedele fin dall'infanzia, l'unico che l'eroe accettasse di avere vicino anche ora, nel suo isolamento.

Achille fu felice di rivedere i suoi vecchi amici. Offrí

loro da bere e da mangiare e chiacchierò come se niente fosse.

Poi, però, Ulisse affrontò il motivo per cui erano lí.

– Achille, non siamo venuti da te solo per rivederti. Là fuori, Ettore sta vincendo. Agamennone ha riconosciuto di averti fatto un grave torto: promette di restituirti Briseide. Oltre a lei, potrai sceglierti le venti troiane piú belle; e quando saremo tornati in patria, avrai in moglie una delle sue figlie. Diventerai suo genero, potente e ricco come pochi. Solo ti scongiura di riprendere le armi, e di lottare insieme a tutti noi.

La risposta di Achille fu immediata e dura.

– Amico mio, non m'importa niente delle offerte di Agamennone. So già della profezia di mia madre secondo cui qui, prima o poi, mi attende una morte da eroe, e la gloria eterna. Oppure, se rinuncio, tornerò alla mia terra, Ftia, dove godrò di una vita lunga e felice, ma senza fama alcuna. Ho deciso per quest'ultima. Domani stesso me ne andrò e, se siete furbi, vi consiglio di fare altrettanto.

Deluso, il terzetto lasciò la tenda. Inutile insistere. Achille non sarebbe mai piú tornato a combattere.

La notizia prostrò ancora di piú Agamennone, incapace di prendere sonno, afflitto com'era da mille preoccupazioni sul prossimo scontro. Per rincuorarlo, Diomede e Ulisse proposero un'idea audace.

– Prima che torni la luce, ci infiltreremo nel campo nemico, per capire cos'hanno in mente di fare.

Malauguratamente, quella notte anche Ettore aveva avuto la stessa idea. Aveva mandato il guerriero Dolone a spiare le intenzioni degli Achei. Occorreva capire se stavano per andarsene, oppure se intendevano combattere ancora.

Appena furono al di là del muro, i greci incapparono nel troiano. Diomede e Ulisse ebbero facilmente la meglio su Dolone. Pur di salvarsi, lui spifferò un importante segreto. – A darci man forte sono giunti i Traci, al seguito di Reso, il loro re. Sono accampati laggiú...

Subito dopo la confessione, il traditore venne ucciso da un fendente di Diomede. Strisciando alla larga dai falò, i due eroi greci riuscirono a raggiungere inosservati il campo degli alleati dei troiani.

Sorprendendoli nel sonno, Ulisse e Diomede ne fecero strage. Rubarono persino i bellissimi destrieri del re, con i quali fuggirono a rotta di collo verso il muro, prima che venisse dato l'allarme. Una vittoria insperata, che fece infuriare ancora di piú i troiani.

CAPITOLO VIII
L'ASSALTO ALLE NAVI

TORNÒ IL GIORNO,

e si tornò a lottare. Gli eserciti si affrontarono compatti, e le perdite da ambo le parti non si contavano.

Il piú scatenato degli Achei, quel giorno, fu proprio Agamennone. Dal suo cocchio falcidiava gli avversari con una determinazione spietata: i troiani arretravano impauriti davanti a lui. Solo un colpo di lancia al braccio lo costrinse a fermarsi.

Ettore lo vide battere in ritirata e spronò i suoi: – Il capo dei greci fugge! Attacchiamo!

Diomede e Ulisse si fecero avanti, ma dovettero vedersela proprio con Ettore, che ormai era certo del suo trionfo. Diomede era sul punto di menare un fendente al troiano, quando venne fermato da una fitta lancinante. Una freccia gli aveva trafitto il piede. A scoccarla era stato proprio Paride, che era molto piú bravo come arciere che nel combattimento corpo a corpo. Un gruppo di troiani si gettò sull'eroe greco, e solo l'intervento di Ulisse lo salvò. In loro aiuto intervenne anche Aiace, che protesse tutti dietro il suo enorme scudo. Ma anche lui, davanti alla carica di Ettore, fu colto dallo spavento: era questo il volere di Zeus.

Ormai i troiani incalzavano, pregustando la vittoria. Ai greci toccò nascondersi dietro al loro muro. La sconfitta pareva vicina.

Ettore afferrò un masso e iniziò a batterlo contro la muraglia achea. – Distruggiamo le loro difese!

Il muro crollò, e i troiani invasero l'accampamento.

Ma ecco che, poco piú in là, nel mare, le acque si misero a vorticare selvaggiamente. Dalle profondità emerse un essere gigantesco. In pugno stringeva un tridente, e dalle spalle gli cadeva acqua a cascate. Era Poseidone, dio del mare e dei terremoti, fratello di Zeus che, in quel momento, era caduto in un sonno profondo. Un sonno scatenato da Era che non aveva resistito: pur di avvantaggiare i greci aveva barato, gettando un incantesimo sul marito.

Adesso gli dèi avevano campo libero.

E Poseidone odiava i troiani fin da quando, secoli prima, il re Troo lo aveva convinto a erigere le inespugnabili mura di Troia, rifiutandosi poi di ricompensarlo.

Grazie all'intervento del dio marino, i greci rimontarono come un'onda umana, respingendo le forze troiane. Lo stesso Ettore fu travolto, colpito da un'ancora lanciatagli addosso dal forzuto Aiace.

Ma nessun incantesimo poteva trattenere a lungo l'onnipotente Zeus. Il re degli dèi si risvegliò con uno sbadiglio di tuono e si rese subito conto di cosa stava accadendo.

– Era, disgraziata! – gridò con la furia di mille tempeste. – Questo è l'ultimo scherzo che tu e gli altri mi combinate! Che tutti gli dèi si ritirino, immediatamente! Davanti a tanta rabbia, Era chinò la testa. E subito dopo, pur mugugnando, anche Poseidone fece ritorno al suo regno acquatico, lasciando gli Achei a loro stessi.

Il primo ad accorgersene fu Ettore. Impugnò una fiaccola e gridò ai suoi: – È giunto il momento! Diamo fuoco alle navi achee!

Il tumulto arrivò fino alla tenda di Achille, ma lui non reagí. Tutto quel che accadeva là fuori non era piú affar suo. Si alzò in piedi solo quando entrò Patroclo, sconvolto.

– Perché frigni come una ragazzina, amico mio? Forse ti spiace per quegli ingrati degli Achei?

– Le navi bruciano! I migliori tra gli eroi, Ulisse, Diomede, Agamennone... sono feriti. Se davvero non hai nessuna intenzione di combattere, almeno...

Achille si corrucciò. – Dimmi.

– Lascia che io indossi la tua armatura e che imbracci le tue armi! Tutti le conoscono: i troiani mi scambieranno per te, e chissà che questo non basti a terrorizzarli, permettendo ai greci di prevalere!

Achille scrollò le spalle perplesso. – Se davvero ci tieni, fai pure! Ordinerò addirittura che i miei Mirmidoni ti seguano in battaglia, e berrò alla riuscita del tuo piano!

Osservò il suo migliore amico che lasciava la tenda, armato di tutto punto, e si chiuse in un silenzio ostinato.

CAPITOLO IX
LA RABBIA DI ACHILLE

L'ASSALTO DI PATROCLO

e dei Mirmidoni colse i troiani di sorpresa. Come previsto, tutti lo scambiarono per il feroce Achille.
– L'invincibile figlio di Peleo è tornato a combattere! – strillavano, scappando via da lui, lontano dalle navi.
A bordo del suo cocchio, Patroclo non diede loro tregua, mulinando la spada di Achille. Fece strage dei nemici in fuga... ma non era invulnerabile, lui.
Un colpo di lancia lo raggiunse alle spalle, facendolo cadere dal cocchio. Provò a rialzarsi, barcollando, ma era troppo tardi.
Davanti a lui apparve Ettore, lo sguardo trionfante, la lancia in mano. Senza esitare, gliela affondò nel ventre.

– Ti ho riconosciuto, Patroclo! Oggi tocca a te, domani al tuo amico!

Il giovane greco fece appena in tempo a sussurrare il nome d'Achille, poi morí.

Senza perdere tempo, Ettore lo spogliò della corazza e la indossò, mettendosi in testa l'elmo di Achille in segno di vittoria.

In un lampo, la notizia della fine di Patroclo si sparse per l'accampamento. Achille, ignaro di tutto, camminava su e giú per la sua tenda, sotto i morsi di una strana inquietudine, quando accorse il guerriero Antiloco.

– Tragedia! Patroclo è caduto, Ettore gli ha tolto l'armatura, e intorno a loro si combatte per contendersi il suo corpo!

Achille fu sopraffatto da un dolore atroce. Lanciò un urlo straziante: – È tutta colpa mia!

Corse fuori, sul lungomare. Ancora una volta, nel dolore, si rivolse a Teti. – Madre! Ora il mio rancore per le offese subite è scomparso: al suo posto, covo un'ira senza confini. Ho perso il mio unico vero amico. Aiutami a tornare in battaglia, perché possa vendicarmi!

– Aspettami qui, – mormorò la dea, triste perché sapeva che da quel momento, il destino tracciato per suo figlio stava per compiersi.

Era scritto che in questa guerra, alla fine, sarebbe caduto anche lui, colpito da una freccia nel suo unico punto debole, il tallone.

– All'alba tornerò con armi invincibili, forgiate apposta per te da Efesto, il fabbro degli dèi.

Subito dopo Achille, senza corazza né armi, si precipitò verso le navi, urlando come un folle. Bastò la sua vista a far congelare sul posto i troiani; a mani nude, strappò loro il corpo senza vita dell'amico.

I capi achei erano contenti che Achille fosse tornato tra loro, anche se a caro prezzo. Ma lui non aveva parole per nessuno: dopo essersi riconciliato con Agamennone, ora voleva solo scontrarsi con Ettore, l'assassino di Patroclo.

Sotto gli occhi di tutti gli dèi dell'Olimpo, giunti a contemplare l'epico scontro, Achille si lanciò alla testa delle armate greche, rivestito dell'armatura d'oro procuratagli da Teti.

Gli eroi troiani provarono a frapporsi tra lui e il suo bersaglio, ma inutilmente. Ammazzò Polidoro, uno dei fratelli di Ettore, e poco mancò che uccidesse anche il prode Enea. Achille continuò a incedere massacrando ogni troiano che incontrava, fino a che non scovò il suo bersaglio.

Ettore avanzò e, mentre tutt'attorno infuriava la battaglia, i due si fronteggiarono.

– Non ti temo, Achille!

– Dovresti, invece! Pagherai per quel che hai fatto a Patroclo!

In quel momento, perso ogni ritegno, perfino le divinità olimpie si gettarono nella mischia. Atena affrontò Ares, sostenuto a sua volta da Afrodite, mentre Poseidone incrociava il tridente con la lancia di Apollo. Ma con Achille in campo, il piú grande guerriero in assoluto, l'esito della battaglia era segnato fin da subito: in un tumulto caotico, i troiani dovettero cercare scampo dentro la città. Quando il polverone calò, solo due uomini erano rimasti, sulla piana coperta di sangue.

Erano Ettore e Achille.

Il loro fu il duello piú feroce che si fosse mai visto. Ettore ignorò Priamo, che dalle mura lo scongiurava di rientrare. Eppure, nel vedere Achille farglisi contro, con gli occhi che promettevano morte e l'armatura risplendente come fuoco, il coraggio gli venne meno. Fuggí via.

Ma Achille era l'uomo piú veloce del mondo. Per ben tre volte fecero il giro delle mura, sotto gli occhi agghiacciati dei troiani. Alla fine, Ettore rinunciò a correre.

– Meglio combattere con onore e morire da valoroso, se cosí han deciso gli dèi.

Achille scagliò la lancia, ma Ettore riuscí a schivarla. Rincuorato, il troiano lanciò la sua, che però rimbalzò contro il magico scudo di Efesto. Achille recuperò l'arma e stavolta non mancò il colpo: l'asta trapassò fulminea il collo dell'avversario.

Ettore stramazzò al suolo, e con l'ultimo respiro implorò il vincitore. – Ti prego, restituisci il mio corpo alla mia famiglia...

– Mai!

Solo dopo molti giorni la furia di Achille si placò, davanti alle suppliche di re Priamo, che si era recato personalmente da lui pur di riavere le spoglie del figlio. Commosso, Achille accettò. Fu concessa una lunga tregua ed Ettore fu sepolto con tutti gli onori, tra il rispetto dei suoi nemici, i lamenti del suo popolo e i singhiozzi disperati della sua Andromaca.

Anche se la guerra non era ancora conclusa, con la morte del loro miglior combattente i troiani avevano subito un colpo mortale. E, di lí a poco, anche Achille ne rice-

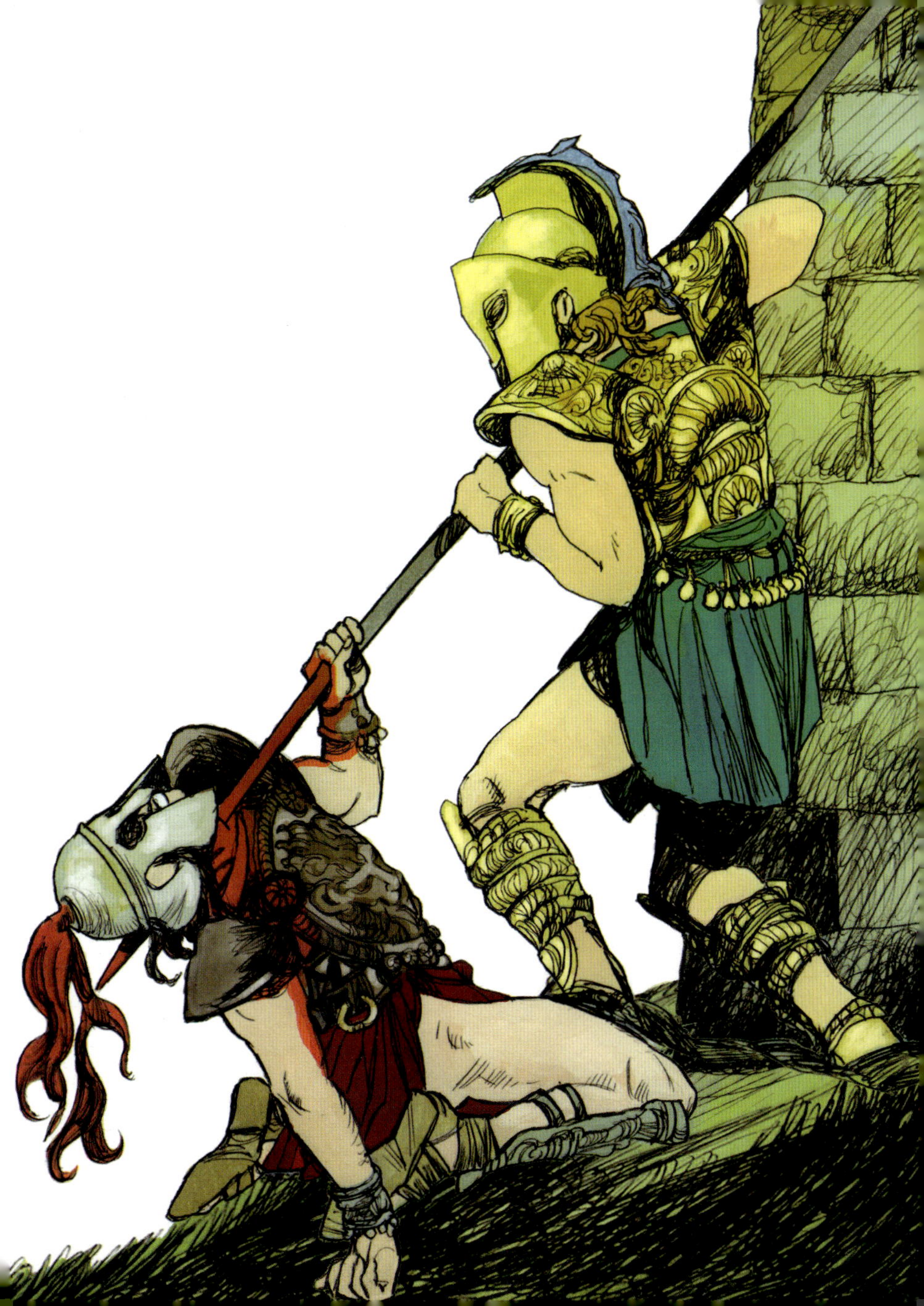

vette uno: la temutissima freccia nel tallone. Per ironia della sorte, gli fu lanciata dal piú debole dei suoi avversari, Paride.

L'inespugnabile Troia alla fine cadde. Ma non grazie a guerrieri sanguinari come Achille.

A far vincere i greci fu l'astuzia di Ulisse che riuscí a entrare nella città con la piú famosa delle sue trovate: un enorme cavallo di legno.

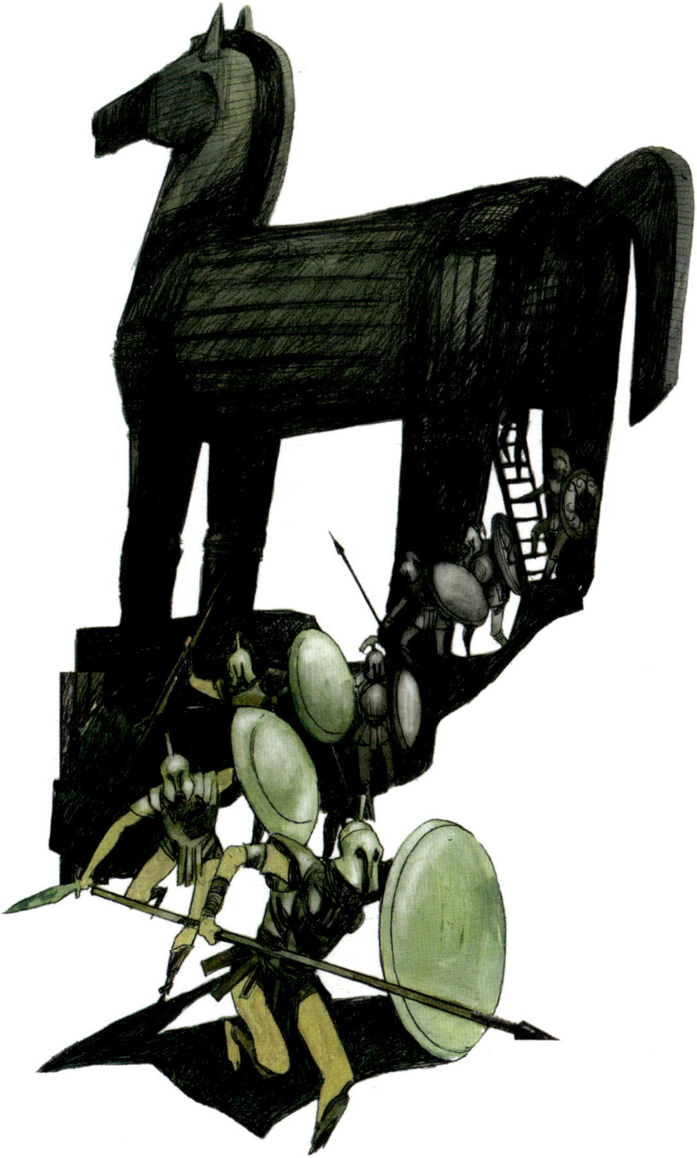

Indice

I.	Guerra e malattie	5
II.	Il litigio fatale	14
III.	Il duello	23
IV.	Fine della tregua	30
V.	Dentro le mura	37
VI.	La proposta di Ettore	45
VII.	La sortita notturna	51
VIII.	L'assalto alle navi	59
IX.	La rabbia di Achille	64

Classicini
EDIZIONI el

Pubblicazioni piú recenti

37. Pierdomenico Baccalario, *Don Chisciotte*
38. Davide Morosinotto, *La guerra dei bottoni*
39. Silvia Roncaglia, *Pattini d'argento*
40. Elisa Puricelli Guerra, *Anna dai capelli rossi*
41. Sabina Colloredo, *Il piccolo lord*
42. Guido Sgardoli, *L'ultimo dei Mohicani*
43. Silvia Roncaglia, *Il giornalino di Gian Burrasca*
44. Tommaso Percivale, *La capanna dello zio Tom*
45. Beatrice Masini, *La piccola principessa*
46. Sarah Rossi, *Le avventure di Huckleberry Finn*
47. Lucia Vaccarino, *David Copperfield*
48. Guido Sgardoli, *Black Beauty*

Classicini
EDIZIONI EL

49. Francesco D'Adamo, *Storia di Iqbal*
50. Sarah Rossi, *Rémi, senza famiglia*
51. Sabina Colloredo, *Piccoli uomini*
52. Roberto Piumini, *Cuore*
53. Guido Sgardoli, *L'isola misteriosa*
54. Teo Benedetti, *Kim*
55. Sarah Rossi, *Alice attraverso lo specchio*
56. Davide Morosinotto, *I ragazzi di Jo*
57. Lucia Vaccarino, *La piccola Dorrit*
58. Tommaso Percivale, *Dr. Jekyll e Mr. Hyde*
59. Jacopo Olivieri, *Iliade*
60. Pierdomenico Baccalario, *Il conte di Montecristo*

Finito di stampare
nel mese di settembre 2017
presso G. Canale & C. S.p.A., Borgaro Torinese (To)